RECIT VERITABLE

DV MIRACLE

ARRIVÉ EN L'EGLISE
de Paris le iour de l'Assomption
nostre Dame, cette année 1630.

*Confirmé par les Enquestes & Infor-
mations faictes sur iceluy.*

Auec le Decret d'approbation de Monseign.
l'Illustrissime Archeuesque de Paris.

A PARIS,
De l'Imprimerie de FRANÇOIS IVLLIOT,
ruë S. Victor, au Soleil d'or.

Auec permission.

GRATIA PLENA DOMINVS TECVM

RECIT VERITABLE

du Miracle arriué en l'Eglise de Paris
le iour de l'Assomption nostre Dame,
cette presente année 1630.

L E Miracle arriué le iour
de l'Assomption de la
saincte Vierge dernier
en l'Eglise de Paris,
nous fait cognoistre que Dieu don-
ne touslours beaucoup aux prieres
de cette saincte Mere, en faueur de
ceux qui l'inuoquent auec foy, &
humilité. Le narré est tel.

Marie Varenne natifue de Charly prés Chasteau-Tierry Diocese de
Soissons, fille de Nicolas Varenne
marchand demeurant audit Charly

A ij

& de Louyſe Petit ſes pere & mere,
veſue de feu Geruais le Somdre
teinturier demeurant à Paris ruë
Trois-nonnains paroiſſe S. Nicolas
des Champs, deux ans apres qu'elle
fut mariée audit Geruais le Soindre
accoucha d'vne fille, & apres ſa
couche deuint percluſe & entrepri-
ſe de la moitié de ſon corps, en for-
te qu'elle ne ſe pouuoit plus aider
des bras & iambe du coſté droict,
ny cheminer & marcher: & fut me-
née & portée en l'Hoſtel-Dieu de
cette Ville, où elle a eſté deux ans
entiers ſans auoir eſté guerie, d'où
ayant eſté retirée & portée en la ruë
des Grauilliers, elle y auroit demeu-
ré l'eſpace de deux ans, & depuis
ſeroit venuë demeurer en la maiſon
de Marguerite Challou (où elle eſt
encore demeurante) touſiours af-
fligée de ladite paralyſie, qui l'em-

ij A

peschoit de se pouuoir aider, & ne
pouuoit se leuer & coucher sans
l'assistance & secours de personnes
qui luy faisoient la charité delale-
uer & porter coucher, mesme de
l'habiller. Et pource qu'elle n'auoit
moyen de viure son mary fut con-
traint de luy faire vne brouette ou
chariot à quatre roües, dans lequel
on la couchoit quand elle estoit
leuee, & la mettoit-on à la porte
pour receuoir les charitez & au-
mosnes des gens de bien qui pas-
soient: & les festes & Dimanches
on la trainoit & roulloit en l'Eglise
S. Nicolas des Champs sa Paroisse
pour entendre la Messe estant dans
ladite brouette & chariot, & apes
estoit retrainee en la rue aux Mres
dessous vn auuent proche ladite
Eglise: durant lequel temps par
l'enttemise de Monsieur du Pont

Curé de ladite Eglise S. Nicolas elle
fut mise à l'aumosne du grand Bu-
reau des Pauures, pource qu'elle
n'auoit aucun moyen ou pouuoir
de se faire guerir & medicamenter,
Là dessus elle se voua à Dieu & à la
glorieuse Vierge Marie sa mere,
que si Dieu luy faisoit la grace de
viure elle se feroit porter en l'Eglise nostre Dame de Paris en tel estat
qu'elle seroit, pour y faire celebrer
vne Messe à l'intention de receuoir
guerison. Pour accomplir lequel
vœu, le iour de l'Assomption de la
glorieuse Vierge sur les cinq heures
du matin elle se fit porter en ladite
Eglise par Nicolas le Comte por-
teaix sur ses crochets, lequel l'ap-
porta proche l'Autel de la Vierge
qui est prés la porte du Chœur de
ladite Eglise, ou apres s'estre con-
fessée se fit porter en vne Chapelle

qui est proche la porte de ladite
Eglise du costé de l'Archeuesché,
ou elle entendit la Messe qu'elle fit
celebrer à cette intention. Et à
mesme temps qu'on disoit l'Euan-
gile de ladite Messe elle commen-
ça à sentir vn tressaillemet de nerfs
auec grandes douleurs du costé
droict dont elle estoit percluse, &
à l'instant se leua toute droitte
sans aide de personne: & vne fem-
me qui estoit aupres d'elle crai-
gnant qu'elle ne tombast luy don-
na la main pour la soustenir, & l'as-
sit dans vne chaire de paille qui
estoit dans ladite Chapelle. Et comme l'on vint à l'Eleuation elle se
mit à genoux sans aucun aide, & y
demeura iusqu'à ce qu'elle eut communié: & apres auoir communié
elle se releua toute seule & se mit en

ladite chaire, comme auparauant,
& y demeura, iusqu'à la fin de la
Messe : apres laquelle l'homme
d'Eglise qui celebra ladite Messe
l'ayant voulu mener deuant ledit
Autel de la Vierge qui est à costé du
Chœur de ladite Eglise, il ne le peut
faire à cause de la multitude du peu-
ple qui l'enuironnoit.

Pour verifier le susdit Miracle
a esté procedé à l'audition tant de
ladite Marie Varenne pardeuant
Monseigneur l'Illustrissime & Re-
uerendissime Archeuesque de Paris, le mesme iour que le Miracle ar-
riua, que de plusieurs personnes
signalees & tesmoins dignes de
foy pardeuant Me Denys le Blanc
Vicaire general & Official de mondit Seigneur, touchant la mala-
die & la guerison de ladite Marie
Varenne.

Varenne : Et par les depositions,
ledit Miracle estant recognu estre
certain & veritable, pour seruir à la
plus grande gloire de Dieu, & aug-
menter la deuotion enuers la saincte Mere de nostre Redempteur,
mondit Seigneur a ordonné qu'il
soit publié, par son Decret d'approbation, dont la teneur ensuit.

DECRET

D'APPROBATION

*faicte par Monseigneur le Reueren-
dissime Archeuesque de Paris.*

VEV par nous IEAN
FRANÇOIS DE
GONDY, par la mi-
seration diuine Arche-
uesque de Paris, Conseiller du Roy
en ses Conseils, & grand Maistre
de sa Chapelle, les Enquestes &
Informations faictes tant par M^e
Denys le Blanc Chanoine & Ar-
chidiacre de Brie en l'Eglise de Paris, nostre Vicaire general & Official, que celles que nous auons
aussi faictes, contenans l'audition
d'aucuns des tesmoins ouys esdites
Enquestes, & l'audition de ladite

Marie. Varenne. CONCLVSIONS de noſtre Promoteur, auquel nous aurions ordonné le tout eſtre communiqué pour l'intereſt public.

Apres que par pluſieurs & diuerſes fois nous en aiions communiqué à nos chers & bien aimez frеres les Venetables Doyen, Chanoines & Chapitre de noſtredite Egliſe de Paris, & pour cet effect aſſemblez, ſur ce prinſleurs aduis, & celuy de nos Vicaires generaux, & de quelques Docteurs en Theologie, & autres perſonnes Eccleſiaſtiques: TOVT conſideré, apres auoir inuoqué le Nom de Dieu: NOVS diſons, que par leſdites Enqueſtes & Informations il nous eſt deuëment apparu qu'il y a preuues plus que ſuffiſantes pour verifier que le recouurement de la ſanté arriuée en vn inſtant en la perſonne de la

dite Varenne ledit iour de l'Assomption de la glorieuse Vierge Marie
dernier, en ladite Eglise de Paris, est
prouenu d'vne cause surnaturelle
& diuine. Et partant auons declaré
& declarons estre par la grace de
Dieu miraculeusement suruenu. Et
afin qu'il en soit rendu action de
graces publiques à Dieu autheur de
tous biés, come il est de ce Miracle,
Auons aussi de l'aduis desdits Sieurs
Doyen & Chanoines, ordonné
qu'il sera celebré en ladite Eglise,
deuant l'Image de nostre Dame
estant en la Nef d'icelle Eglise, vne
Messe solemnelle d'action de graces, au iour qu'il sera aduisé. Et afin
que ce Miracle faict par sa diuine
Bonté en la personne de ladite Varenne soit notoire à tous presens &
à venir, Nous auons permis ces presentes estre publiées en nostre Dio-

cese, & par tout ailleurs qu'il appar-
tiendra. En tesmoignage de quoy
nous auons signé ces presentes, &
icelles faict signer à Me Charles
Baudouyn Secretaire ordinaire de
nostre Archeuesché, & faict seeller
de nostre Seel. A Paris en nostre
Palais Archiepiscopal le treiziesme
iour de Septembre l'an de grace
mil six cens trente.

Ainsi signé, I. FRANÇOIS
DE GONDY Archeuesque de
Paris. Et plus bas, Par le comman-
dement de mondit Seigneur l'Ar-
cheuesque, BAVDOVYN.
Et seellé en placart de cire rouge.